LES ASPHODÈLES

LES
ASPHODÈLES

PAR

LOUIS TIERCELIN

FAC ET SPERA

PARIS

ALPHONSE LEMERRE, ÉDITEUR

27-29, PASSAGE CHOISEUL, 27-29

—

M DCCC LXXIII

à Monsieur le Masque
de Fer, mon charmeur
quotidien :

[signature]

A MA MÈRE

L. T.

LES ASPHODÈLES

A H... C...

LA MUSE.

O toi qui viens à moi dans la sainte beauté
Des rêveurs éblouis par la splendeur des nues;
Toi, le poëte, ayant au front cette clarté
Qui réjouit la foi des âmes ingénues;
Toi dont les yeux si doux n'ont pas versé de pleurs
Et dont l'âme naïve est sans mélancolie,
Que me veux-tu, jeune homme à la face pâlie?

LE POETE.

Je t'apporte des vers, ô Muse, avec des fleurs!

I

LA MUSE.

Enfant, je t'ai compris et je sais ton ivresse.
L'amour, comme un soleil de printemps radieux,
Fait bouillonner en toi l'ardeur de la jeunesse
Et tu vis, sans songer à la haine des dieux.
En des illusions que rien n'a profanées,
Sans souci des réveils tristes du lendemain,
Tu viens vers nous avec des roses dans la main.

LE POETE.

Des roses, j'en avais ! Elles se sont fanées !

LA MUSE.

Dans les sentiers perdus où l'on rêve souvent,
Tu t'oubliais joyeux auprès d'elle joyeuse ;
Le soir, vous écoutiez le murmure du vent
Qui chante sa chanson dans l'orme ou dans l'yeuse,
Et le matin, tous deux, doucement, pas à pas,

Dans les frémissements de l'âme qui s'irrite,
Vous avez effeuillé la pâle marguerite !

LE POETE.

La marguerite a dit : « Elle ne t'aime pas! »

LA MUSE.

Eh quoi! n'as-tu donc plus d'espoir et plus d'envie?
Ne sens-tu pas frémir dans tes rêves tremblants
Des désirs inconnus, pressentiments de vie,
Lorsque vont au soleil fleurir les myrtes blancs?
Qu'as-tu fait de ce feu qui t'empourprait la joue,
Au récit des combats géants des vieux guerriers
Dont la mort a glacé le front ceint de lauriers.

LE POETE.

Les lauriers ont du sang, les myrtes de la boue.

Aussi, las d'espérer, j'ai senti dans mon cœur
Surgir avec colère une tristesse immense,
Et le doute chez moi, debout comme un vainqueur,
A fait des morts nombreux, car il est sans clémence.
J'ai compris ma douleur sombre, mais douce aussi,
Et, détournant mes yeux bien loin des infidèles,
Avec amour j'ai fait ce bouquet d'asphodèles.

LA MUSE.

Et tu viens me l'offrir, ô poëte; merci !

LE POËTE.

Oui, ces fleurs sont à toi, chaste consolatrice !
Ces fleurs des morts, ces fleurs de l'impassible oubli !
N'ayant rien qui nous charme et rien qui nous meurtrisse,
Et j'en veux couronner, Muse, ton front pâli.

LA MUSE.

Maintenant que je sais ta douleur, ô poëte !

Enivrons-nous tous deux à l'étrange saveur
De la plainte éternelle aux lèvres du rêveur.
Chante, et notre tristesse aura l'air d'une fête.

JATA!

A Émile Le Forestier.

Au fond de son berceau de mousseline, il dort.
La paix est avec lui ! Ses paupières mi-closes
S'entr'ouvrent vaguement, comme à l'écho des choses
Que murmure son âme en quelque songe d'or.

Sa main tient un collier d'ambre jaune qu'il mord,
Entr'ouvrant sur ses dents blanches ses lèvres roses,
Et son rêve n'a pas de fantômes moroses.
Le sommeil de l'enfant est doux comme la mort !

Ses blonds cheveux bouclés lui font une auréole
Et sa carnation splendide de créole
A de mâles vigueurs sur ses petits bras nus.

Et penché sur l'enfant, un ange aux grandes ailes,
Morne en la vision des destins inconnus,
Effeuille lentement un bouquet d'immortelles.

PREMIÈRE ÉPINE.

A Mme des Prez de la Ville-Tual.

Le soleil se couchait. Je ne sais quel mystère
Précurseur de la nuit enveloppait la terre :
L'automne a de ces soirs où les cœurs de vingt ans
Épanchent leur amour en longs cris palpitants ;
Où l'âme s'abandonne aux émotions saintes,
Quand sous les pieds errants les feuilles ont des plaintes,
Lorsque le bois est sourd, le ruisseau murmurant,
Et qu'on s'assied rêveur pour s'en aller pleurant.
Je me rappellerai longtemps cette soirée.

A l'horizon courait une bande moirée
De grands nuages d'or sur un fond de ciel bleu,
Où le soleil couchant jetait son dernier feu,
Comme un dernier regard lointain, mais doux encore :
Promesse de retour! Adieu jusqu'à l'aurore!
Et la brise était pure et le soir était frais.
J'étais content, j'étais heureux, je respirais.

Alors j'avais cinq ans...

                    Je courais dans les branches ;
Je regardais les fleurs ; quand mes mains étaient blanches,
J'aimais à les salir. Je n'avais que des bonds,
Et mes cheveux alors étaient des cheveux blonds.

O blonds cheveux bouclés, auréole de l'ange
Que Dieu met aux enfants, comme le temps vous change!
A cinq ans on est blond, on est rose, on est pur.
Sur le front brille l'or et dans les yeux l'azur ;
On a l'espoir au cœur, aux lèvres le sourire ;
On ne raisonne pas, on regarde, on admire,

On s'étonne de tout et l'on a ce bonheur
Que, l'esprit sommeillant, on pense avec le cœur.
Et dans ce calme saint des premières années,
On vit, sans se douter combien de fleurs fanées,
Combien d'espoirs trompés, combien de rêves creux
Anéantiront l'âme.

O chers enfants heureux!
C'est là votre bonheur suprême et qu'on envie.
De n'avoir pas encor le secret de la vie
Et de passer joyeux près des hommes souffrants,
Dans la sérénité sage des ignorants;
De ne pas être émus dans votre insouciance
Et de garder la paix, n'ayant pas la science.

J'allais dans le jardin, cherchant sur quoi frapper,
Et je vis une rose et, voulant la couper,
J'approchai du rosier.

Dans son corset de mousse
La fleur semblait dormir d'une façon si douce,

Qu'espérant la revoir encor le lendemain,
Dans un bon mouvement je retirai la main
Et je m'assis tout triste et rêvant à la rose
Du rêve des enfants qui n'a rien de morose.

L'homme qui songe est morne et sombre; il parle bas.
L'enfant, lui, parle haut, sans peur; il ne craint pas
Qu'on sache sa pensée et n'ayant rien à taire,
Sa joie est sans secrets, sa douleur sans mystère.
Il ouvre à tous le livre ingénu de son cœur.

Je pensais à ma mère en pensant à la fleur :
Blanches toutes les deux et toutes les deux belles
Du charme que la femme et la fleur ont en elles.

« Oui, je t'aime au rosier, disais-je; mais je veux
Te cueillir pour te mettre, un soir, dans les cheveux
De ma mère... Et pourtant... si c'était mal! Pardonne,
Car moi je ne voudrais faire mal à personne.
C'est si bon, n'est-ce pas, de vivre au gai soleil,

D'entendre gazouiller les oiseaux au réveil,
D'être parmi les fleurs... et la rose qu'on cueille
Languissamment s'incline et tristement s'effeuille.
Elle meurt.... Moi, je veux que tu vives toujours
Sous l'ardeur du soleil, dans la paix des beaux jours.
Ne crains rien désormais, et je viendrai moi-même
Te voir chaque matin, ô rose, car je t'aime !
Oui, je t'aime, et sais-tu pourquoi ? Pour ta beauté,
Pour ton parfum suave et pour ce velouté
Que Dieu donne à la fleur comme à nous le sourire :
Car c'est là votre charme à vous qui nous attire
Comme un regard de mère attire le baiser.
Et cela, vois-tu bien, ne peut nous abuser ;
Et l'on va, malgré tout, vers elle et vers toi. Songe
Que Dieu ne pouvant pas permettre le mensonge,
Ce qu'on voit dans les yeux, c'est le reflet du cœur. »

. . . .

J'entendis près de moi comme un rire moqueur.

. . . .
. . . .
. . . .

Le lendemain, la pluie avait mouillé la terre ;
L'Orient s'empourprait d'une lueur austère.
Malgré moi j'étais sombre, et, m'en allant rêveur
Vers l'arbuste où j'avais laissé vivre la fleur,
Je ne vis plus la rose et je vis les épines.
Alors, triste et joignant mes deux mains enfantines,
Je serrai le rosier bien fort en l'embrassant...
Et dans ce long baiser je vis couler mon sang.

Et je pleurai longtemps en songeant à la rose,
Car mon illusion était bien sainte chose.

BEAUTÉ DE MÈRE!

*A M*ᵐᵉ *Lefeuvre-Méaulle.*

Du fond de ses yeux noirs aux longs cils soucieux,
Chatoyant et voilé de langueur souveraine,
Son regard vers l'azur où le rêve l'entraîne,
S'élève, ayant déjà l'habitude des cieux.

Son front, resplendissant du bonheur de ses yeux,
Ajoute, dans la paix de son âme sereine,
A sa beauté de femme une beauté de reine,
Sous le reflet d'argent de ses bandeaux soyeux.

Si tu vivais, Sanzio, tu voudrais faire d'elle
. Le type de la grâce idéale, un modèle
Que, chaste, tu peindrais avec des doigts tremblants.

Et, rêveur ébloui, tu t'écrîrais : « Que n'ai-je
La main de Dieu pour mettre à ses beaux cheveux blancs
La grande majesté des monts couverts de neige! »

CIEL!

A mon Père.

LORSQUE je me souviens des jours de mon enfance,
Y cherchant le bonheur pour prendre l'espérance
Au fond d'un souvenir (car notre cœur blessé
Va butiner le miel dans les fleurs du passé);
Quand je rêve le soir et que je me rappelle
Ce doux nid de l'enfant, la maison paternelle,
Alors je vois la mère auprès du père et nous,
Les enfants souriants, assis sur leurs genoux.

2

Famille, ô paradis créé par Dieu sur terre!
Temple saint dont j'ai peur de souiller le mystère!
O source inépuisable où les hommes boiront,
Ayant soif de la vie. Oasis où viendront.
Chercher le doux repos au milieu de la route,
Un homme las d'errer dans les chemins du doute,
Une femme au front calme et tenant par la main
Cet homme qui lui dit : « Montrez-moi le chemin. »

Ils viendront.

　　　　Et c'est là, dans une heure suprême,
Que l'homme osera dire à la femme : « Je t'aime! »
C'est là que rougissant, la blanche vierge, un soir,
Dans toute la pudeur de son premier espoir,
Laissera reposer dans l'extase divine
La tête de l'époux chaste sur sa poitrine.
Alors on entendra le murmure des voix;
Alors, dans le silence auguste des grands bois,
Tous les bonheurs du ciel embelliront le rêve
De ce nouvel Adam près de la nouvelle Ève.

Et cette solitude où s'aiment les époux
Un jour s'égayera de vagissements doux,
Et soudain l'on verra venant du ciel, les anges,
Penchés sur un berceau, souriant à des langes;
Car, ô prodige! on voit devant les nouveau-nés,
Comme devant Jésus, les anges prosternés.

Et le père dira : « C'est un fils... une fille! »

Qu'ils soient les bienvenus au sein de la famille !
Ces chers petits enfants dans leurs berceaux bénis,
Gazouillant comme font les oiseaux dans les nids ;
Ces êtres que le ciel envoie aux toits de chaume
Pour rayons ; que Dieu donne aux souffrances pour baume ;
Espoir de la maison dont ils orient le seuil ;
Petits riens où l'on met cependant tant d'orgueil,
Que la mère caresse et qu'elle veut qu'on choie ;
Qui, pleurants, font sa peine et, souriants, sa joie ;
Ces rois de la famille, êtres faibles et nus,
Pour qui rien n'est trop beau, qu'ils soient les bienvenus!

C'était ainsi chez nous.

Le père était la Force.

Son cœur tendre battait sous une rude écorce.

Il pouvait pardonner, se sachant juste et fort,

Et s'il disait : « Je veux ! » c'est qu'il n'avait pas tort.

Il ordonnait d'un geste avec une parole

Et sa tête semblait ceinte d'une auréole

Dans le commandement empreint de majesté.

Et ma mère l'aimait !

Elle était la Bonté.

Elle plaisait à tous, ayant en sa personne

Je ne sais quoi, cet air qui fait dire : « Elle est bonne ! »

Les pauvres s'inclinaient alors qu'elle passait.

Étant la Providence, elle les nourrissait.

Elle avait marché fière et sans baisser la tête,

L'œil au ciel, à travers l'orage et la tempête

Dont il plut au Seigneur d'assombrir son chemin

Et recevant les coups sans trembler sous la main.

Et mon père l'aimait!

Et nous, penchés vers elle,
Nous étions cinq petits sous l'aile maternelle.

Et c'était beau de voir assis au coin du feu,
Le père las du jour et sommeillant un peu;
Et la mère songeant (la femme de bonne heure
S'accoutume à rêver, car il faut qu'elle pleure);
Et nous les cinq enfants souriants et joyeux,
Sautant sur eux, grimpant sur eux, vivant sur eux.

Or il faut à l'enfant qui veut qu'on le soutienne,
Une main.

Ce bon père, il nous tendait la sienne.
Il allait, mesurant son pas à notre pas,
Nous portant sur son cœur lorsque nous étions las;
Avec joie, écartant de nos fronts les épines,
Il préservait de mal nos têtes enfantines,
Et craignant pour nos pieds, il marchait devant nous

Pour se faire petit, il jouait à genoux,
Et l'on aimait à voir cet homme, tête grise,
Penché sur son enfant, tête blonde qui frise.

Voilà ce que faisait le père. C'était bien !
Il empêchait le mal et cela n'était rien,
Et la mère faisait mille fois plus encore.

Elle était le soleil aux longs rayons qui dore
Et réchauffe la fleur ; elle était l'ombre aussi,
L'ombre bénie à qui la plante dit merci.
Le bonheur nous venait d'elle.

                            Et l'insouciance
Répandait à longs flots sa paix sur notre enfance.
Préservés de tout mal, au sein de leur bonté,
Nous grandissions joyeux dans la naïveté.
Je ne me doutais pas que la terre était ronde ;
Volontiers j'aurais cru que nous étions le monde
Et que tous les enfants, comme nous bienheureux,
Avaient nos gais soleils pour rayonner sur eux.

Je vivais dans le ciel calme de l'espérance.
N'ayant jamais souffert, j'ignorais la souffrance,
Et, naïf, j'entendais s'élever en tout lieu
L'hosanna du bonheur et de la paix vers Dieu !

BEAUTÉ CÉLESTE.

A Lucien Bucquet.

Son âme est égarée en des songes profonds.
Son œil pense et sa tête inclinée en arrière
Poursuit un rêve auquel elle donne carrière.
Son chapelet d'argent glisse entre ses doigts ronds.

Le soleil rouge étend ses rayonnements longs
Et, calme, se mourant dans la grande verrière,
Enveloppe ardemment cette femme en prière
Et met un arc-en-ciel dans ses beaux cheveux blonds.

Le reflet des vitraux couronne de topaze,
De rubis et d'or pur son front pâle, et l'extase
Lui verse le bonheur des jours sans lendemain.

Or cette femme blonde avait l'air d'une Vierge.
Je sentis mon cœur battre et j'avançai la main
Timidement, pour mettre à côté d'elle un cierge.

ENFER!

A Victor Hugo.

C'ÉTAIT le soir! Je fus arrêté dans la rue
Par une femme au teint livide, demi-nue
Et sombre. Ses haillons avaient l'air effronté.

« Mon bon petit monsieur, faites la charité.
Nous avons du malheur, allez, dans la famille,
Me dit-elle. J'avais trois garçons, pas de fille;
J'étais veuve; partant je vivais sans souci
Et nous avions du pain pour quatre, Dieu merci!

·Maintenant il en faut pour six au lieu de quatre,
Car j'ai pris un mari qui n'est bon qu'à me battre
Et sa fille d'un an qui ne fait que crier.
Le pain manque... Il faut bien que j'aille mendier. »

La voix de cette femme était rauque de haine.
J'avais donc mis le pied sur la misère humaine
Et je voyais, le long de mon riant chemin,
Le spectre du malheur qui me tendait la main.
Et je doutais encor.

                    Voilà comme nous sommes.
Les enfants sont instruits à douter par les hommes.
C'est là qu'est la science et l'esprit fort se doit
A la négation. Touchant le mal du doigt,
L'homme ne veut pas croire avant d'avoir, infâme!
Martyrisant ce corps et torturant cette âme,
Mis la main dans la plaie et retourné la chair...

Et l'on s'en va fumer son cigare au grand air.

J'étais là, craintif, l'œil fixé sur cette femme.

« Nous n'avons pas de pain, reprit-elle.

— Madame,

Lui dis-je en rougissant, c'est triste et c'est bien dur
De n'avoir pas de pain. Je vous crois à coup sûr,
Car on ne voudrait pas, femme, faire un mensonge.
Et cependant je suis très-surpris et je songe
Qu'il est bien étonnant que des enfants aient faim,
Alors que les oiseaux ne manquent pas de pain.
Le bon Dieu ne fait pas de ces choses étranges,
Craignant de se les voir reprocher par les anges,
Et je ne comprends pas, quand nous sommes heureux,
Pourquoi ces enfants-là n'ont pas de pain chez eux.
On ne m'a raconté jamais pareille histoire ;
Je n'ai rien vu de tel et j'ai peine à vous croire. »

La femme m'emporta, nerveuse, entre ses bras
Et se mit à crier :

« Ah ! vous ne croyez pas !

Vous vivez isolés, riches, dans vos demeures,
Où des horloges d'or sonnent toutes les heures.
Nous vous voyons à peine en grimpant sur vos murs
Et vous les bâtissez très-hauts, pour être sûrs
Que nous ne viendrons pas, attristant votre joie,
Mêler notre guenille horrible à votre soie.
Vos rideaux de velours vous font des paradis
Et vous masquent le bouge où nous souffrons, maudits!
Mais dans votre chemin, hommes d'une autre race,
Un jour vous rencontrez notre œil qui vous terrasse,
Et, vaincus, vous jetez un sou dans cette main,
Tribut qu'on paye au gueux pour passer son chemin.
Certes on les entend, ces riches, ces avares,
Nous faire entre les dents des réponses bizarres,
Et parfois j'en ai vu, sortis on ne sait d'où,
Qui me jetaient beaucoup d'orgueil avec leur sou.
Mais je n'ai pas trouvé, depuis que je mendie,
Une naïveté si sottement hardie.
Cela croit au bon Dieu joliment, paraît-il,
Ces petits êtres-là!... Jésus! qu'il est gentil
Avec ses cheveux blonds, avec ses lèvres roses

Et ses grands yeux rêveurs qui cherchent tant de choses...
C'est donc un parti pris d'élever ces enfants
Dans la soie, au milieu des parfums étouffants !
Leur cœur est autrement fabriqué que les nôtres !
Ça ne doit pas pleurer, ni voir pleurer les autres.
Il faut les isoler de nous et prendre soin
Qu'ils ne respirent pas notre air... même de loin.
On ne leur apprend pas ce qu'est notre souffrance,
Et tout est calculé, jusqu'à leur ignorance,
Pour que ces ignorants deviennent inhumains,
Et lorsque nous mourons, qu'ils s'en lavent les mains.

« Voilà comme on se fait du bonheur dans la vie !

« Eh bien ! non ! Et ce soir il me prend une envie
De vous détruire un peu tout ce beau travail-là.
Je veux me faire voir et dire : « Nous voilà ! »

« Justement j'en tiens un, bien ignorant sans doute,
Car il est bien surpris de me voir dans sa route.
Je ne sais vraiment pas ce qu'il leur a coûté

De soins pour lui garder tant de naïveté.

Mais il est mal instruit et je veux qu'il le sache;

Je prétends lui montrer des choses qu'on lui cache.

Ce bienheureux, parmi d'autres bienheureux né;

Il va comprendre enfin ce que c'est qu'un damné...

Je vais le présenter ce soir dans notre monde.

« Le bonheur a doré sa chevelure blonde.

Il a tant vu le ciel que son œil en est bleu.

Je veux salir cet or ; je veux noircir un peu

Cet azur.

        « Vois, enfant!

                « Ceci, c'est ma demeure!

C'est là qu'il faut qu'on naisse et qu'on vive et qu'on meure!

Et ceci que tu vois dans ce coin et qui dort...

C'est mon mari! Regarde : il est ivre... ivre-mort!

Je l'aime mieux ainsi. Je préfère qu'il dorme :

Il ne me bat pas.

« Vois cette masse difforme
Qui remue au milieu de ces draps en lambeaux :
Ce sont les enfants, ça ! N'est-ce pas qu'ils sont beaux ?
Que veux-tu, petit riche, on les prend comme ils viennent.
Mais regarde-les donc et vois comme ils se tiennent !
Ils se battent.

« Voilà notre fourneau sans feu,
Notre huche sans pain, malgré votre bon Dieu.
Et quand nous avons faim jusqu'à crier peut-être,
Nous entendons venir à nous par la fenêtre
Et la chanson du riche et le chant des oiseaux.
Et j'ai vu quelquefois les chiens ronger des os
Qui traînaient dans vos cours et me faisaient envie.

« Ce que vous jetez là, ce serait notre vie !
Mais qu'importe, après tout ! Cela nourrit vos chiens
Pour aboyer au pauvre.

« Et vous êtes chrétiens !
Comme cela fait croire au Dieu des belles dames,

Qui ne protége pas le fils des pauvres femmes
Et qui trouve équitable en sa sérénité
Qu'un beau jour on nous jette un sou... par charité.

« Tiens ! voilà l'eau qu'on boit et l'air que l'on respire.
Cela prend à la gorge et cela fait maudire.

« Ah ! ce n'est pas ici brillant comme chez toi.
Nous sommes pauvres, nous, et vous, riches.

                                          « Pourquoi ?
Quel crime ai-je bien pu commettre avant de naître
Pour être tant punie ? On voudrait bien connaître,
Messieurs, quels sont vos droits et titres au bonheur.
Qu'ont-ils donc fait de plus que les pauvres, Seigneur ?
Puisqu'on nous dit parfois que les hommes sont frères.

« Mais on me répondra que ce sont des mystères,
Et qu'un jour dans le ciel nous serons tous égaux.
Et voilà, vous croyez ! le remède à nos maux !

« Il n'en est pas moins vrai que *ceci* pleure et crie
Et que *cela* s'amuse avec effronterie!
Ils ont des jeux, des bals et des fêtes!

                                        « Et nous,
A leur porte, le soir, rampants, à deux genoux,
Nous regardons entrer les valets et les maîtres,
Et tournoyer gaîment les ombres aux fenêtres.
Et quand, le bal fini, las de danse et de jeu,
On les traîne chez eux souper au coin du feu ;
Quand l'amour les attend au sortir de la table :
Nous, mornes, nous rentrons au logis détestable,
Et la faim dans le ventre et l'amertume au cœur,
Si nous voulons dormir, ô contraste moqueur !
Nous avons pour bercer, la nuit, notre tristesse
Les grognements impurs de l'homme en son ivresse,
Et les cris des enfants qui demandent du pain,
Eux qui ne peuvent pas dormir quand ils ont faim.

« Or voilà ces enfants et voilà cet homme ivre

Et voilà cette femme avec qui tu vas vivre ;
Près de qui, beau mignon, dormant dans ce taudis,
Tu vas respirer l'air que Dieu donne aux maudits.
Car tu seras mon fils et je serai ta mère.
Je vais t'initier à notre vie amère,
A nos pleurs, et tu vas connaître, cette nuit,
L'horreur de la maison des pauvres à minuit.

« Et demain tu pourras, connaissant mieux les choses,
Tranquille en ton jardin aller cueillir tes roses.

« Mais tu ne seras plus l'enfant blond d'autrefois.
Adieu le gai sourire et la joyeuse voix !
Quand j'aurai mis sur toi ma vieille main glacée,
Tu seras effrayé de lire en ta pensée,
Et tu penseras trop pour jamais être heureux.
Tu nous verras partout dans tes songes fiévreux,
Dans tes nuits de plaisir et dans tes insomnies.
Je veux que mes enfants soient tes mauvais génies,
Que tu ne puisses plus oublier désormais.

Ce que tu vas souffrir avec eux ; qu'à jamais
On lise ton malheur sur ta face pâlie.

« Car je livre ton âme à la mélancolie ! »

MÉLANCÓLIE!

A Leconte de Lisle.

TRISTESSE de la mer vaste, incommensurable ;
Tristesse du ciel rouge et des horizons d'or ;
Tristesse des flots bleus qui caressent le sable ;

Volupté de la nuit dont le silence endort !

Tristesse des soleils, des rayons et des flammes ;
Tristesse des esprits et des cœurs généreux ;

Tristesse du bonheur et de la paix des âmes;

Volupté de l'oubli qui seul peut rendre heureux!

Tristesse de la joie et du bonheur des hommes;
Tristesse des aveux dans les taillis épais;
Tristesse de la vie et du monde où nous sommes;

Volupté de la mort qui donnera la paix!

LE LENDEMAIN.

LE lendemain, après le dernier anathème,
Après le dernier cri de rage et de blasphème,
Après le dernier coup donné par chaque enfant,
La femme me reprit dans ses bras. M'étouffant,
Haineuse, me faisant au corps des meurtrissures,
Après m'avoir tant fait à l'âme de blessures,
Elle me déposa mourant sur notre seuil.

Là, ce ne fut qu'un cri de bonheur. Plus de deuil,
Plus de larmes. Mais moi je ne pouvais sourire.

On me questionna, je ne voulus rien dire.
Ma mère m'embrassait. Moi, toujours soucieux,
J'étais comme insensible et je cherchais des yeux
Ces enfants, cette femme auprès de cet homme ivre.

J'avais compris la vie et j'avais peur de vivre.

L'ANGE.

A ma sœur.

Un soir je m'endormis et je vis dans un songe
Le paradis, où nul regard humain ne plonge.
L'œil était ébloui par cette majesté
De Dieu qui couvrait tout de son Immensité.
L'Univers adorait.

　　　　　Tout à coup, chose étrange !
Je vis vers le Seigneur marcher un petit ange.
Même il me dit bonjour de la tête en passant,

Et moi je lui souris en le reconnaissant.

Car c'était notre sœur, la pâle Stéphanie,

Dont les yeux noirs avaient cette paix infinie

De l'âme immaculée.

Et tout bas je lui dis :

« Bienheureux les enfants qui sont en paradis ! »

Et sa voix bégayait de si douces paroles

Que les fleurs pour l'entendre entr'ouvraient leurs corolles

Et que les séraphins en paraissaient jaloux.

Puis, sur ses pieds marqués de l'empreinte des clous,

L'Homme-Dieu lui laissa mettre ses lèvres roses.

Or les Anges entre eux chuchotaient mille choses.

Et l'un d'eux vint vers elle et lui dit : « Voulez-vous

Entrer dans la maison du Seigneur avec nous?

— Cela fera pleurer maman si je la quitte,

Et puis ce serait mal de m'envoler si vite.

Il faut qu'elle comprenne. Avant d'aller à Dieu,
Je veux savoir parler assez pour dire adieu. »

Et comme elle fuyait, la Vierge vint vers elle.

Or l'enfant s'arrêta, car la Vierge était belle,
Et l'ayant regardée avec étonnement,
Se jeta dans ses bras et lui cria : « Maman ! »
La Vierge l'embrassa sur le front, étant bonne,
Et soudain le baiser devint une couronne.

Marie ayant porté Stéphanie à Jésus,
J'entendis qu'on chantait : « C'est un ange de plus ! »

Et je vis que du ciel on refermait la porte.

Le lendemain matin notre sœur était morte.

O le père, ô la mère, ô vous, frères et sœur !
Pleurez tout ce qu'on a de larmes dans le cœur.

« Dans ce berceau, qui donc te cloue, ô bien-aimée ?
Dis-moi quelle main tient ta paupière fermée !
Je t'appelle, ma sœur, et tu ne réponds pas,
Et je t'embrasse et tu n'enlaces plus tes bras
. Autour de mon cou. Dieu ! Dieu ! que sa joue est froide
Et que sa lèvre est pâle !... Elle reste là, roide..
Je ne peux même plus lui desserrer les doigts.
Te voilà donc chez nous pour la première fois, . .
O mort ! et tu nous prends la plus jeune. Elle est née
Avec les fleurs, et dès la première journée.
Un coup de vent l'abat et l'emporte. Où ? Bien loin.
Là-haut sans doute ! Mais qui donc en aura soin ? .
Oh ! c'est triste ! On devrait peut-être mettre un cierge.
Qui sait ? Si l'on pouvait gagner la sainte Vierge. .
Il faut avoir pitié de ses beaux cheveux d'or,
Seigneur ! Elle voulait vivre longtemps encor.
Nous avions tant pris soin d'elle jusqu'à cette heure.
Elle était notre joie et ma mère la pleure.
A quoi peut-elle bien être utile là-haut ?
Puis on ne saura pas l'amuser comme il faut. .   .
C'était moi qui jouais chaque jour avec elle ;

J'étais son compagnon si doux et si fidèle.

Mon Dieu! si vous vouliez la renvoyer ici,

Comme je vous dirais avec mon cœur : Merci! »

Une Voix répondit à ma voix :

                              « Rien ne change

« Ce que veut le Seigneur! J'avais besoin d'un ange!»

DANS L'ÉGLISE.

A M. A. Duquesnel.

LA nuit tombe. La vieille église est solitaire
Et le bruit de mes pas, sourd, va se prolongeant
Au milieu du silence, et la lampe d'argent
Dans les ténèbres jette une lueur austère.

On dirait que le vent lugubre veut se taire
Par respect pour les morts, et la lune plongeant
A travers les vitraux du chœur et s'allongeant
Blafarde, vient blanchir pieusement la terre.

4

L'air était tiède encor des parfums d'encensoir,
Et, s'élevant vers Dieu dans les ombres du soir,
L'encens livrait mon âme à des langueurs étranges.

Sur le marbre son nom de morte était gravé.
Autour on entendait un doux murmure d'anges,
Et triste, m'inclinant, je baisai le pavé.

LE MYSTÈRE DES NIDS.

A mon ami A. de la Plesse.

Oh! le bon temps passé des joyeusetés folles!
Le bon temps de l'enfance aux naïves paroles,
Où ces vagues espoirs qui donnent la gaîté
Scintillent dans les yeux. Age où le velouté
De la joue est plus beau que celui de la pêche,
Où l'on porte un cœur pur au sein d'une âme fraîche.

Combien j'étais heureux, quand finissait l'hiver,
De respirer un peu le printemps au grand air!

Et quel bonheur, quittant la ville aux jeux moroses,
De fouler les gazons et d'effeuiller les roses ;
D'entendre gazouiller fauvettes et pinsons,
Et de rire au milieu de toutes ces chansons !
Quel bonheur d'écouter un conte au coin de l'âtre
Et d'apprendre à tresser des joncs avec le pâtre !
Un jour on s'enhardit à monter le poulain,
Qui vous regardant faire avec un œil malin,
S'amuse bien un peu, car il a l'âme bonne,
Mais quand il est lassé, gaîment vous désarçonne.
Quel plaisir de troubler le flegme des grands bœufs !

Or c'est le temps des nids et la saison des œufs.

Et l'on voit les oiseaux descendre vers la terre
Et se poursuivre deux à deux.

C'est un mystère.
L'enfant ne comprend pas. Il rêve dans les champs
Et demande pourquoi les oiseaux sont méchants.
Il ne se doute pas qu'un drame se prépare ;

Il ne sait pas pourquoi la nature se pare,
Secouant le manteau de neige des hivers,
Lorsque le soleil rit dans les feuillages verts.

Plus tard il entendra ces voix universelles,
Les murmures du vent, les doux battements d'ailes,
Le cri voluptueux des êtres palpitants :
Hymnes d'amour chantés par la Vie au Printemps.

Alors il comprendra ces berceaux de verdure
Pour les roucoulements chastes de la nature.
Il saura que Dieu met les feuilles aux buissons
Pour y cacher l'amour qui dort dans les chansons.

Mais il est jeune encore. Il ne faut pas qu'il sache
Dans sa naïveté ce que la feuille cache
Et ce que le ruisseau qui s'en va murmurant
Raconte aux blancs cailloux qu'il caresse en courant.
Il faut qu'il reste sourd à la musique douce
Que le bouvreuil gazouille en becquetant la mousse,
Qu'il ne comprenne pas les amoureux secrets

Que content au soleil les moineaux indiscrets,
Et son cœur étant bon, mais pas encore tendre,
Qu'il regarde sans voir, écoute sans comprendre
Les indiscrétions du couple triomphant.

Mais l'homme voit plus loin que ne peut voir l'enfant.
Aussi lorsque l'oiseau chante ses chansons folles,
L'enfant écoute l'air et l'homme les paroles.

Et pourtant s'il savait tous les rêves bénis
Que ces joyeux chanteurs couvent au fond des nids;
S'il comprenait la paix du buisson calme et sombre
Dans l'orgueil de garder, à l'abri de son ombre,
Les amours des oiseaux, l'éclosion des œufs
Et le gazouillement des nouveau-nés entre eux;
S'il sentait dans ce cœur où rien encor ne vibre,
Au souffle du printemps remuer une fibre...
Il s'en irait craintif, pas à pas, dans les champs,
Les yeux ouverts, prêtant l'oreille à tous ces chants;
Il s'assoîrait sur l'herbe, épiant le mystère;
Écoutant le silence, et gravé, il ferait taire;

Afin d'entendre mieux, sa bruyante gaîté.

Et s'en allant après avoir bien écouté,

Il songerait au chant de la mère, à la plainte

Des petits, et voyant combien c'est chose sainte,

Il se dirait :

Le nid c'est l'espoir de l'oiseau;

C'est un temple; c'est un sanctuaire, un berceau !

Voler un œuf au nid, c'est voler l'espérance;

C'est y prendre une joie, y mettre une souffrance

Et profaner avec dédain l'œuvre de Dieu,

Dont l'œil calme regarde à travers le ciel bleu.

Il se dirait qu'il faut avoir l'âme sauvage

Pour retenir captif l'oiseau dans une cage,

Et rougirait, ainsi que d'une lâcheté,

De lui ravir l'amour avec la liberté.

BEAUTÉ TRISTE!

A J.-M. de Heredia.

JEUNE fille, ton front de dix-huit ans est beau.
Il fait rêver ayant la blancheur incarnée
De l'albâtre et la paix que rien n'a profanée
Des neiges du matin qui couvrent un tombeau.

La forme de ton pied posé sur l'escabeau
Se cambre fièrement, souple et bien dessinée.
Ta chevelure au vent du soir abandonnée
A les reflets moirés des ailes du corbeau.

Ton regard virginal et ton sourire étrange
Ont des pudeurs de femme et des mystères d'ange,
Et comme un vague espoir dans de vagues oublis.

Et dans le soupir mort entre tes lèvres closes,
Dans tes yeux aux longs cils de velours noir, je lis
La première langueur des tristesses sans causes.

RÊVERIE.

A M. le comte de Trégain.

LA grande mer d'azur n'ayant pas une vague
Jetait sur le rivage un frissonnement vague ;
L'écume blanchissait autour des noirs îlots
Dans le clapotement monotone des flots.

Mon âme s'enivrait du chaud parfum des grèves.
J'étais l'homme qui passe et qui s'en va, rêvant
A l'avenir doré par le soleil des rêves,
Et j'avais sur le front les caresses du vent.

Je me sentais en proie aux sourdes agonies
Des désespoirs sans cause et des songes amers,
Et faible, je souffrais des douleurs infinies,
Douces comme les cieux, tristes comme les mers.

J'écoutais en mon cœur les murmures sauvages
Que le vent chante aux flots et les flots aux rivages ;
Cette plainte arrachait des larmes à mes yeux
Et je pleurais devant l'éloignement des cieux.

L'AMOUR CACHÉ.

PENDANT un mois je l'ai suivie
   Ainsi que font les amoureux ;
Rêveur dans les sentiers ombreux
De ce bonheur j'ai fait ma vie ;
J'avais l'âme triste et ravie.
Pendant un mois je fus heureux.

Son grand œil brun qui s'effarouche,
Dort à l'abri des longs cils noirs ;

Dans l'ignorance des espoirs,
Le sourire attriste sa bouche,
Et sur ce marbre l'homme louche
Viendra briser ses encensoirs.

Je ne sais quel charme, un mystère
L'enveloppe avec majesté ;
Son air plein de naïveté
Force les aveux à se taire,
Et l'on voudrait baiser la terre
Où son pied semble épouvanté.

Bien souvent j'ai dit à mes lèvres :
« Vous parlerez ! » Ce fut en vain,
Timide en cet amour divin
Et dédaignant les aveux mièvres,
Mon cœur a contenu ses fièvres :
Le torrent se creuse un ravin,

Si son âme comme une lyre
N'a pas vibré sous mon regard ;

Si je lui semble un fou hagard
Dont nul n'a compris le délire,
Poëte qu'on ne saurait lire
Et qu'on repousse sans égard...

Si mon rêve est une chimère !
— Je veux la suivre sans dessein.
Sa vue est un breuvage sain,
Où je boirai la joie amère
D'un amour, bonheur éphémère,
Que je veux cacher en mon sein.

ELLE!

ET je la vis, la Vierge aux doux yeux de gazelle,
Aux cheveux blonds, l'enfant aux lèvres rouges, celle
Qui, marchant devant moi, colore mes vingt ans
De la douce clarté des matins de printemps.
Celle que j'ai, Pétrarque ayant eu Laure et Dante
Béatrice, et que j'aime avec mon âme ardente.

Elle lisait assise à l'ombre d'un rocher
Et le rocher semblait défendre d'approcher.

Le profil était pur et les formes plastiques
Avaient la fermeté des beaux marbres antiques.

Et je te contemplais en ma sérénité,
O femme, et mon amour avait nom : Pureté !

Car c'est l'amour vaillant et chaste du poëte,
Qui n'est pas une orgie et qui n'est qu'une fête ;
C'est la communion des âmes, qui s'aimant
Vont l'une à l'autre avec ivresse, saintement.
Car c'est l'homme qui dit à la femme : viens ! Ève,
Achever près de moi ton sommeil et ton rêve.
Viens ! et reconquérant tout le bonheur perdu,
Nous rentrerons tous deux dans l'Éden défendu.
Viens et nous asseyant sous l'arbre de la vie,
Nous le regarderons sans crainte et sans envie.
Nul serpent ne pourra dire le mal, et Forts,
Nous aurons le bonheur des âmes loin des corps.

JE T'AIME!

D'ou venez-vous et quel est votre nom?... Mystère!
Et que m'importe à moi votre nom, si demain
Je ne dois plus vous voir passer dans mon chemin!
Il vaut mieux l'ignorer, puisque je dois le taire!

Assis dans l'oasis l'Arabe solitaire
Ne cherche pas d'où sort l'eau qu'il boit dans sa main
Et qu'importe d'où vienne au pauvre cœur humain
Le rayon de soleil qui réjouit la terre.

Qu'importe! Vous avez la suprême beauté,
Votre sourire est doux avec sérénité
Et dans vos yeux profonds luit une ardeur créole.

Je t'aime avec la foi des grands amours naissants ;
Je t'aime avec mon cœur de poëte et je sens
Que cet amour au front me met une auréole.

C'EST LE SOLEIL!

A Hippolyte Lucas.

C'EST donc le jour qui va se lever ! C'est l'aurore
Qui réveille mon cœur et l'amour vient d'éclore
Aux rayons du soleil. Oui ! ce que je ressens
En moi, ces chauds frissons qui courent dans mes sens,
C'est le baiser de feu de l'astre qui se lève.

Aujourd'hui c'est la Vie. Hier c'était le Rêve !

Le rêve dans la nuit ! Car je n'y voyais pas.

On me faisait marcher par la main, pas à pas,
Et j'avais un bandeau sur les yeux. Je m'éveille
Pour vivre. J'ai le front encor lourd de la veille,
Mais j'espère et déjà je sens que dans mes yeux
Le jour entre plus pur et que je verrai mieux.

Autrefois je passais farouche et solitaire.
J'allais, n'accordant pas un regard à la terre.
A quoi bon regarder ? Je n'aurais pas compris.
Or voilà qu'il se fit une clarté ! — Surpris,
Je sentis en mon cœur tressaillir une fibre ;
Quelque chose, captif en moi, devenait libre.

Voici bientôt deux mois : Un soir... j'avais frémi
Sous son regard plus doux que celui d'un ami.
Seul, j'allai promener dans le parc. Les pins sombres,
Les marronniers faisaient au loin de grandes ombres
Et la lune éclairait ardemment le château.
Le lac était d'argent... Et je regardais l'eau
Et j'admirais, n'ayant plus cette peur stupide
De la nuit, parce que ce n'était plus le vide

Et que je comprenais pour la première fois
Qu'il est bon d'oublier le jour au fond des bois.

Et je me suis levé plus tôt que de coutume,
Le lendemain.

         Le ciel était voilé de brume.
Tout semblait s'y noyer. Plus d'arbres, plus de fleurs !
Et pourtant je trouvais un charme à ces vapeurs
Du matin. L'horizon pâle devint rougeâtre.

Le jour naissait !

         Je vis passer un petit pâtre
Qui chassait devant lui son troupeau. Les grands bœufs
Tristes, rêveurs, allaient lourdement, deux à deux ;
Puis venaient les moutons, le front bas, l'œil morose ;
Les chèvres sautillaient en broutant quelque chose ;
Le chien les surveillait de ses yeux grands ouverts
Et le pâtre chantait en tressant des joncs verts.

Les oiseaux s'éveillaient sur les champs. L'alouette

Planait joyeusement ; la mésange coquette
Gazouillait ; le ramier gémissait. Un moineau,
Bon vivant, se baignait dans une flaque d'eau :
Le monde des oiseaux ayant ses têtes folles.

Les fleurs l'une après l'autre entr'ouvraient leurs corolles,
Où la rosée avait semé ses diamants
Et l'air était chargé des parfums embaumants
Des jasmins, des lilas, des pâles chèvrefeuilles.

Je me sentais heureux du bonheur de ces feuilles,
De ces fleurs qui semblaient respirer à l'air frais
Et comme elles, joyeux aussi, je respirais.

Je me sentais heureux mais sans pouvoir me dire
D'où venait ce bonheur qui me faisait sourire,
Qui dessillait mes yeux et dilatait mon cœur.

Maintenant je le sais le mot de ce bonheur
Et je respire avec les fleurs, comme je chante
Avec les oiseaux ; car je sais pourquoi la plante

Et l'oiseau sont joyeux et je comprends pourquoi
Aujourd'hui leur ivresse arrive jusqu'à moi.
Mon âme fraternise avec eux et ruisselle
De cette joie intime, immense, universelle.
Je célèbre avec eux la fête du réveil!
Comme eux, j'ouvre les yeux au jour...

C'est le soleil!

UN REGARD! UN SOURIRE!

A Lucien Loyer.

LORSQUE vos grands yeux noirs pleins de mélancolie
Semblent sonder au loin l'avenir soucieux ;
Quand un de vos regards qui tristement s'oublie,
S'élevant de la terre, interroge les cieux...
Je voudrais, connaissant enfin votre pensée,
Abandonner mon âme à ce rêve divin ;
Oubliant près de vous la tristesse passée,
Je n'attends qu'un regard... Hélas ! et c'est en vain !

Lorsqu'un joyeux sourire épanouit vos lèvres,
Dans la sainte candeur de vos espoirs naissants;
Quand les pressentiments et les premières fièvres
Font frissonner d'amour vos petits bras si blancs...
Je voudrais, connaissant enfin votre pensée,
Abandonner mon âme à ce rêve divin;
Oubliant près de vous la tristesse passée,
Je n'attends qu'un sourire... Hélas! et c'est vain!

SOUVENIR!

Qui sait ce qui peut sur nos têtes
Fondre d'orage et de tempêtes,
    Dans l'avenir?
Qu'importe! Je veux pour la vie
Garder en mon âme ravie
    Un souvenir.

J'étais près de vous dans le songe
    Des amoureux

Et tout me paraissait mensonge,
Hormis nous deux.

Je pensais que tout était sombre,
Excepté nous ;
J'aurais voulu tomber dans l'ombre,
A vos genoux.

Et comme un enfant qui se joue
Peut tout oser,
J'aurais voulu sur votre joue
Mettre un baiser.

Et mon âme eût été contente ;
Comme un ami
Calme et confiant dans l'attente,
J'aurais dormi.

Mes nuits auraient eu de beaux rêves,
Et comme un fou
J'aurais couru le long des grèves,
Je ne sais où.

Mais j'étais trop ému sans doute
Pour murmurer
Le doux mot que la femme écoute
Sans respirer.

Puis à quoi bon ce mot profane,
Lorsque les yeux
Ont un langage diaphane
Qui chante mieux ?

Aussi je n'ai pas dit : Je t'aime !
Ils en riront,
Enfant, et je ne t'ai pas même
Baisée au front.

J'ai pris votre main rose et blanche
Pour y poser,
Comme un nid d'amour sur la branche,
Un long baiser.

J'ai senti, voluptés sereines !
En la pressant,

L'ardent frisson qui dans les veines
    Va caressant.

Mon âme a rencontré la vôtre
    Et tout est dit !
Et je veux, si j'en aime une autre,
    Être maudit.

Car je suis le ramier fidèle,
    Doux et tremblant,
Qui veut bien qu'on lui coupe l'aile,
    Pauvre oiseau blanc !

Contre tout rêve et toute envie
    Je serai fort !
Et je suis à toi pour la vie
    Et pour la mort !

LA CHUTE DES FEUILLES.

A M. le marquis de Lauzières.

Lorsque vers le bonheur l'âme s'est élancée,
Les yeux sont éblouis, tant le ciel était beau !
Et je veux désormais, ô triste fiancée !
Vivre dans ma douleur comme dans un tombeau.

Il venait... et c'est là parmi les chèvrefeuilles,
Dans ces joyeux bosquets qu'embaume le jasmin,
Qu'il me dit son amour en me baisant la main.
Hélas ! et maintenant c'est la chute des feuilles.

Le ciel était joyeux de l'éveil du printemps
Et le soleil baignait de teintes empourprées
Les marronniers en fleurs. O les longues soirées !
La nature avec nous semblait avoir vingt ans.

Voici venir l'hiver ! — Lorsque la mort farouche
Le prit entre mes bras doucement endormi,
J'ai senti son baiser refroidi sur ma bouche
Murmurer un appel suprême et j'ai frémi.

N A D.

Dans l'orgueil du *chez soi*, Nad, mon chien blanc, repose,
Sur son large fauteuil de velours endormi.
Au moindre mouvement tout son corps a frémi ;
Il se lève et paraît épier quelque chose.

Alors il est joyeux de lécher son nez rose,
Ayant fait son devoir de gardien et d'ami ;
Puis dans un doux sommeil s'oubliant à demi,
Pour s'arrondir il cherche une élégante pose.

Nul ne sait ce qui dort de pensée en son front
Et quand il a sur moi fixé son grand œil rond,
Ce qu'il peut me conter de choses à l'oreille.

Mais moi je le comprends et je lui dis merci,
Car chaque soir il vient me répéter ceci :
Ne crains rien, je suis là ; tu peux dormir, je veille !

TRISTESSE.

A H... C...

Mon Dieu! que j'ai souffert! que j'ai versé de larmes,
Pendant ces deux longs jours de tristesse et d'alarmes;
    Que j'ai maudit de fois
Le jour où j'avouai l'amour qu'on devrait taire,
Le jour où je perdis, en livrant ce mystère,
    L'insouciance d'autrefois.

C'est une chose triste! Un pauvre enfant qui pleure
Et qui, morne, le soir, n'aura pas, à cette heure
      Où d'autres sont joyeux,
La douce et blanche main d'un ange qui console,
Un long regard de femme, une bonne parole,
      Un baiser chaste sur les yeux.

Et j'étais cet enfant qui pleure et n'a personne,
Car vous n'étiez pas là, vous dont l'amour rayonne
      Sur mon amour tremblant!
M'a-t-il fallu souffrir de douleurs en mon âme,
Pour oser jusqu'à vous portant le doute infâme,
      Ne plus croire en mon Ange blanc.

Fou que j'étais! Aussi je veux, quoi qu'il arrive,
De mon âme chassant la tristesse plaintive,
      Croire pour être heureux.
Je veux laisser tomber sur moi la paix du sage;
Je veux qu'en me voyant si fier, sur mon passage
      On dise : C'est un amoureux!

Je veux m'abandonner à vous, ô douce amie !
Que Dieu, pour le réveil de mon âme endormie,
   Plaça dans mon chemin.
Vous serez loin des yeux comme une idole sainte
Et moi, le prêtre pur, j'entrerai dans l'enceinte
   Et je vous baiserai la main.

Je veux croire. Douter de toi, c'est un blasphême !
Je croirai comme en Dieu, comme on croit quand on aime
   Et que l'on a vingt ans.
Le jour où sur ta main, en appuyant ma lèvre,
J'ai senti mon amour ardent comme une fièvre,
   J'ai pris du bonheur pour longtemps.

O souvenirs vivants des fiertés et des craintes !
Chastes enivrements des espérances saintes,
   Secret des doux aveux !
Vous êtes en mon cœur cachés comme en un temple
Qui ne s'ouvre qu'à moi, le rêveur qui contemple
   Sa Vierge pâle aux blonds cheveux.

Et puis nous avons fait un pacte ineffaçable.

Nos deux noms ne sont pas deux vains mots sur le sable

         Tracés par un enfant?

Viens! Et tu peux m'ouvrir tes bras, ô Juliette!

Et nous n'entendrons pas le cri de l'alouette,

         Triste à Roméo triomphant.

IMPROMPTU!

DONC vous voulez que moi, poëte, sans préface,
Sans préambule et sans exorde, je vous fasse
Des vers. Vous commandez d'un petit air vainqueur
A mon esprit, ayant déjà soumis mon cœur.
Vous avez dit : Je veux ! royalement, ô reine !
Et vous m'avez montré le chemin, — je m'y traîne,
Car j'ai bien résolu de vous obéir. Mais...
Les mots à mon appel viennent moins que jamais,
Et vous le voyez bien, mon pauvre esprit qui rime
Se fatigue à chercher une mauvaise rime.

La rime ne vient pas et l'idée encor moins.
Je suis bête et rêveur !
                              Je vous prends à témoins
De tout ce grand travail d'impuissance qui tue,
De la stérilité de mon âme abattue,
Je vous prends à témoins, navires aux grands mâts,
Voyageurs revenus des farouches climats,
Vous, les habitués du Tropique ou des Pôles,
Que la mer fait danser sur ses vastes épaules,
Comme on fait d'un enfant, — et vous, les horizons
Que la brume enveloppe, et vous, blanches maisons,
Et vous, petits sentiers ; vous, les fleurs ; vous, les herbes,
Petits êtres si doux près des êtres superbes,
Je vous prends à témoins que je n'ai pas un mot
A dire qui soit bon, que je ne suis qu'un sot
Et que superbement, à la porte mi-close
Du harem enchanteur et promis, où repose
L'Imagination, ma sultane à l'œil clair,
Aux longs cheveux, aux bras onduleux, j'ai tout l'air
De l'eunuque, rêvant aux choses de la vie,
Qui ne saurait parler,... mais qui se meurt d'envie.

SOLITUDE

A Édouard Cariguel.

« Le beau jour ! Mes oiseaux gazouillent dans leur cage
Et le soleil scintille à travers le ciel bleu ;
La nature sourit au printemps sans nuage. »
Alors je vins m'asseoir tristement près du feu.
O mes chers souvenirs ! C'est donc la destinée
De souffrir à vingt ans quand on est amoureux.
Et moi, pauvre amoureux, j'eus toute la journée
Des sanglots dans la voix et des pleurs dans les yeux.

« Ils sont gais, ces oiseaux! et je comprends leur joie.
Ils s'en vont, sautillant deux à deux, dans les coins.
Viens, âme de mon âme, oh! viens! que je te voie!
Je ne souffrirai plus et je pleurerai moins.
Car je comprends pourquoi la nature rayonne :
Le ciel a le soleil et l'insecte la fleur !
Moi, seul, abandonné de toi, je n'ai personne :
Je ne peux même pas parler de ma douleur. »

Le soir, c'était un bal, une joyeuse fête.
Partout des diamants, des fleurs, de la gaîté.
Le tourbillon venait se briser à ma tête;
On riait tant, que moi j'en était attristé.
Parfois à mes côtés, je n'y prenais pas garde,
Passaient de grands enfants qui se parlaient tout bas.
« Oh! vous pouvez passer sans que je vous regarde;
Quand les yeux sont mouillés de pleurs on n'y voit pas.»

C'est un bruit de baiser! « Cruels, passez donc vite;
Car vous me faites mal. Ils sont heureux, ceux-là!
Ils vont se soutenant et si l'un deux hésite,

L'autre, douce voix, dit : Ne crains rien, me voilà.
Ah! je veux être gai! Mais à quoi bon sourire!
Puisque je n'ai pas là vos deux yeux pour me voir.
Je voudrais murmurer deux mots. Pourquoi les dire?
Vous ne serez pas là pour m'entendre ce soir! »

L'ADIEU.

Nous étions au salon! — Sur la tapisserie
Vos doigts erraient. — Parfois deux mots de rêverie
Venaient éveiller l'âme enivrée et le vent
Apportait des parfums respirés bien souvent.

J'écoutais. Vous aviez tant de choses à dire,
Tant de ces petits riens doux et qui font sourire...
Triste, vous effeuilliez nos souvenirs joyeux
Et moi je vous cueillais un baiser sur les yeux.

Et puis nous regardant tous deux comme en un songe,
Dans l'amour, cette source où tout cœur humain plonge,
Dans l'amour, ce brasier qui réchauffe le sang,
Nos deux cœurs s'unissaient, pleins d'un espoir puissant,
Espoir dans le retour qui calme et qui fait vivre,
Foi dans le souvenir dont l'absence s'enivre
Et dans l'Éternité, ce sublime Inconnu
Que toute femme jure à tout homme ingénu :

« Donc, c'est le dernier jour que nous passons ensemble
Et vous allez partir, me quitter ! Il me semble
Qu'avec vous vous allez prendre mon pauvre cœur.
Oh ! non, ne riez pas, car le rire est moqueur !

« Dieu sait que je vous aime et je n'ai qu'une envie,
C'est d'être près de toi pour vivre de ta vie !
Et partageant ta joie et souffrant tes douleurs,
Sourire à ton sourire et pleurer à tes pleurs.
Dieu sait que depuis l'heure où, dans la vieille rue,
Auprès des noirs remparts, vous m'êtes apparue,
A moi, le passant triste, et que depuis ce jour

Où mon premier baiser vint vous parler d'amour,
Vous avez toute seule habité ma pensée
Et Dieu sait que ma vie heureuse s'est passée
A vos pieds, ma chère âme, et que mon seul bonheur
Fut de sentir mon cœur battre sur votre cœur.

« Et vous allez partir, et qui sait les tempêtes
Qui peut-être viendront foudroyer nos deux têtes !
Comme nous étions bien, ayant pour être heureux
Tant de calme, au milieu des rêves amoureux !

« Et vous allez partir... pour longtemps. Nos deux âmes
Me semblaient rayonner de la splendeur des flammes,
Dans ce beau ciel d'azur, où nous avions chacun
Pour éblouissement deux soleils au lieu d'un.
Et moi je m'oubliais dans ce songe et je pleure
Quand je pense que tout va finir dans une heure
Et que je vais rester dans les ténèbres, seul,
Résolu d'enfermer ma vie en un linceul.

« Et vous allez partir. Comme la nuit vient vite !

Quand on s'aime, pourquoi faut-il donc qu'on se quitte?
Et je vous aimais bien! Je venais chaque soir,
Et nul ne me voyait dans votre ombre m'asseoir.
Quand vous marchiez, j'avais tant de joie à vous suivre.
Mais rien ne peut durer. C'est triste.—J'aimais vivre
Dans l'air où vous viviez, passer dans le chemin
Où vous passiez, j'aimais saluer de la main
La blanche forme assise à la fenêtre ouverte ;
J'aimais. A cet amour, comme une chose inerte,
J'avais livré mon cœur qui ne sait pas mentir ;
J'avais donné mon âme!...

                    « Et vous allez partir ! »

CHANT DU BARDE.

A J. M. Richard.

Dans Inch-Caillach, un if aux rameaux toujours verts,
Pendant les étés chauds, pendant les froids hivers,
Jette sur les tombeaux son ombre pacifique
Et la vieille Ben-Shie à la voix prophétique,
Peigne ses longs cheveux et lance au quatre vents
Son cri lugubre : Paix aux Morts! Mort aux Vivants!
Et moi, pendant la nuit, ministre des colères,
J'ai coupé dans cet if deux rameaux séculaires ;
J'en ai fait une croix. O Frères! à genoux!
Voici qu'on va lever la Croix de feu sur nous.

Dans Inch-Caillach, sous l'if paisible aux rameaux verts,
Secouant ses cheveux que neigent les hivers,
La vieille femme pleure et sa main sur sa tête
Retient son manteau bleu que gonfle la tempête
Et la Ben-Shie avec un murmure de glas
Lugubre chante : Paix aux Morts! Mort aux Douglas!
Et moi, pendant la nuit, ministre des colères,
J'ai coupé dans cet if deux rameaux séculaires.
J'en ai fait une croix. O Frères, à genoux!
Voici qu'on va lever la Croix de sang sur nous.

AU PRINTEMPS!

A Mme Alboni, comtesse Pepoli.

L E soleil amoureux se levait sur les prés.
Les bois se réchauffaient ; les lilas empourprés,
Avec le jour plus gai semblaient reprendre vie.
Les oiseaux se cherchaient dans une douce envie,
Et de la terre au ciel universellement,
La nature épanchait un long gazouillement.
C'était le cri d'amour et de reconnaissance,
L'Hosannah du bonheur à la toute-puissance
Et l'Hymne du réveil sublime et chaleureux

Que chantent au Seigneur tous les êtres heureux. .

Les vapeurs du matin s'élevaient de la terre
Et retombaient.   ·   ˙

      Au fond d'un jardin solitaire,
Parmi les verts taillis feuillés par le printemps
Pour être un nid d'amour aux âmes de vingt ans,
Au milieu du parfum des lilas et des roses,
Sous l'entrelacement des lierres moroses,
S'abrite un pavillon sombre et silencieux.
Et la paix de la terre et la clarté des cieux
Et le bonheur sans fin de ces êtres sans nombre
Semblent ne pas pouvoir porter jusqu'à cette ombre.
L'éveil de la nature aux chants de la saison.

Quelque grande douleur est en cette maison.

Dans son lit aux rideaux de pâle mousseline,
Elle semble endormie, et ses beaux cheveux blonds
Ont, auprès de sa joue, une façon câline
D'enrouler leurs anneaux soyeux, souples et longs.
En la crispation qui suit une tempête,
Avec rage ses mains sont jointes sous sa tête,
Et ses coudes bleuis se redressent dans l'air,
Marbrés par le poison qui court dans cette chair.
Ses yeux cernés sont clos et sa bouche s'entr'ouvre
En un sourire triste. On dirait qu'elle dort,
Si la rigidité du drap qui la recouvre
Et la pâleur du front ne révélaient la mort.

Sur la fenêtre close où de longues journées
Se passaient à l'attendre, hélas! et vainement,
Les rosiers ont séché, les fleurs se sont fanées,
Oubliés par la femme en l'oubli de l'amant.
Dans la cage où sa main a suspendu la graine
Que le bec des oiseaux en gazouillant égrène,

Deux bouvreuils sont tombés étendus sur le nid,
Et la mort dans ce doux berceau les réunit.
Ils étaient là, mettant leur vie à faire éclore
Ces œufs qu'ils ont senti se refroidir, ces œufs
Auxquels leurs ventres froids semblent vouloir encore
Donner une chaleur qui s'est glacée en eux.

Ici, c'est un poignard, un éventail, des masques,
Heurtant des bracelets et des colliers d'or lourds;
Et là, sous la splendeur des ornements fantasques,
C'est une robe aux plis somptueux de velours;
Plus loin, quelques bijoux, des fleurs et des dentelles,
Un grand coffret de nacre aux mille bagatelles,
Des gants, des anneaux d'or et des miroirs menteurs,
Et des flacons épais aux morbides senteurs.
Puis une lettre... longue et de larmes mouillée;
Un portrait d'homme où fume un baiser encor chaud,
Et puis, près de la porte ardemment verrouillée,
Dans un coin, des charbons éteints sur un réchaud.

Et pendant que j'étais là, près de cette femme,
Songeant avec regrets à l'amour ingénu
Qui naguère faisait palpiter ce sein nu,
J'entendis comme un cri joyeux d'épithalame,
Et je vis s'avancer vers moi dans le chemin
Deux jeunes amoureux qui se tenaient la main.
Comme ils passaient, chantant d'une voix douce et forte,
Je leur dis : « O naïfs, éloignez-vous d'ici ! »
Car je sentais mon cœur ému d'entendre ainsi
Chanter l'amour vivant sur cette femme morte !

A CEUX QUI SONT HEUREUX!

A Louis Doynel.

DONC, puisque vous avez ce suprême bonheur
De vivre l'un par l'autre et de n'avoir au cœur,
Vous et lui, qu'un amour qui remplit tout votre être,
Amis, soyez heureux, puisque vous pouvez l'être.

Puisqu'en votre maison dont l'amour fait un nid,
Où se chante un duo qui jamais ne finit,
Vous avez les espoirs et vous avez les songes :
Une réalité pleine de doux mensonges;

Puisque je ne sais rien qui vous fasse trembler
Dans ce rêve, où je viens quelquefois vous troubler;
Puisque six mois d'amour ont versé sur vos têtes
Une placidité qui se rit des tempêtes;
Puisque vous n'avez peur de rien; puisque, le soir,
Lorsque dans votre Éden, craintif, je viens m'asseoir,
J'y vois les cieux d'azur; puisque, rêveur morose,
J'ai trouvé tant de paix dans ce paradis rose,
Plein des illusions sereines des amants;
Puisque vous vous plaisez aux longs chuchotements
Et qu'on entend monter de ce nid qui s'éveille
Le bruit sourd des baisers qui réjouit l'oreille
Et puisque bien souvent, quand vous étiez joyeux,
Mon âme solitaire a pleuré dans mes yeux...

Par tout votre bonheur, par toutes vos ivresses,
Par cette volupté qui se meurt en caresses;
Par ces longs jours heureux garants de l'avenir,
Cette joie où l'espoir se fait d'un souvenir;
Par toute cette paix dont votre âme s'enivre;
Par ce charme d'aimer et de se sentir vivre

Dans un cœur qui frémit ; par cet enchantement
De pouvoir être gais mélancoliquement
Et de voir reflété dans un miroir fidèle,
Le bonheur, cet oiseau qui passe à tire-d'aile ;
Par votre amour enfin qui rayonne sur nous ;
Je vous conjure à mains jointes, à deux genoux :

Gardez bien cet amour qui trop souvent s'envole,
Qu'on viendra regarder avant qu'on vous le vole
Et qu'on voudrait voler, puisque les amoureux
Avec des riens se font de tels bonheurs entre eux.
Gardez bien cet amour puisque c'est un sourire ;
Puisque là seulement toute âme qui soupire
Semble échapper parfois à la fatalité.
Gardez bien cet amour, car c'est une beauté ;
C'est un rayonnement au-dessus de l'envie.
Gardez bien cet amour parce que c'est la vie.

Mais un jour, si l'ennui vous prend de votre paix ;
Si les cieux éclatants, si les taillis épais,
Si les oiseaux chanteurs et si la mer immense

N'ont plus la même voix pour vos cœurs en démence;
Un soir, si près de vous le silence se fait;
Si vous osez rêver un bonheur plus parfait;
Si vous pouvez penser qu'en un coin de la terre,
Au sein de plus de joie et de plus de mystère,
Deux amoureux auraient plus de bonheur que vous;
Enfin, si quelque jour vous étiez assez fous
Pour vouloir autre chose, et si dans vos deux âmes,
Comme sur les autels où se meurent les flammes,
Il se faisait un peu de cendre sur l'amour....

Dites-moi de venir et je viendrai... Le jour,
La nuit, l'été, l'hiver, — avec la conscience
Du bien que je peux faire ; avec cette science
De vous et de vos cœurs que vous m'avez permis
De prendre, en me parlant comme de vieux amis.
Je viendrai, — toujours seul et sans une parole;
Comme un homme qui sait la grandeur de son rôle.
Je vous prendrai les mains, et quand vous me verrez,
Toujours triste, toujours rêveur, vous songerez
Que vous étiez heureux, que moi seul je suis sombre,

Que vous avez sur vous le soleil et moi l'ombre.

Dans ce calme du cœur qui se sent apaiser,

Vos lèvres sembleront appeler le baiser...

Et je m'éloignerai dans cette solitude

Dont ma pauvre âme a pris la sauvage habitude;

Et si votre œil me suit dans le chemin, surpris,

Vous me verrez pleurer, — et vous aurez compris.

TESTAMENT.

QUAND je vis qu'avant peu j'aurais cessé de vivre,
    Je voulus, moi lugubre et mourant, faire un livre.
Ce livre est le récit fidèle du passé,
Comme le chant de mort du poëte blessé,
Dont le bras s'affaiblit en secouant sa chaîne.
Il ne sera jamais méchant, car ni la haine,
Ni l'envie en mon cœur n'ont pu mettre de fiel.

Je l'écris, résigné, calme, les yeux au ciel,

Dans la sérénité de l'homme qui succombe
Et qui sait le secret des choses de la tombe.

La désillusion se tient debout au seuil,
La main sur un berceau, le pied sur un cercueil.
La lune met des plis mornes à son suaire
Et le vent fait crier les os dans l'ossuaire.
O penseurs, dont les yeux fouillent les blancs linceuls,
Ce livre est votre livre !

                         Il est fait pour vous seuls,
Poëtes, dont le cœur aime les agonies
Du soleil qui se meurt dans les feuilles jaunies.

LA MORT DU POËTE!

A Mme la comtesse de Trégain.

Il est mort! — Son visage est blanc comme son âme
Et ses yeux sont béants comme un foyer sans flamme,
Triste et vaste. Le front est jaune, lisse, froid,
Et sous le drap le corps s'allonge maigre et droit.
La nuit semble plus noire à la lueur du cierge
Que le prêtre en partant a mis devant la Vierge.
Dans ce silence, l'âme est prise de torpeur
Et rêve un inconnu terrible, — et l'on a peur.

Il est mort, ce témoin de nos heures passées,
Ce confident muet de toutes nos pensées,
Cet ami fraternel que l'on trouvait toujours
Pour vous tendre sa main loyale aux mauvais jours.
Cette main, qui ce soir encor cherchait la mienne,
Elle est glacée, inerte ; il faut qu'on la retienne,
Et rien n'y vibre plus et l'on y sent la mort.
En de pareils moments, tout Impassible a tort.
L'Orgueil doit se faire humble et la Raison petite
Aux pieds de ce hasard qui, sur ce qui palpite
Et ce qui vit, répand l'anéantissement.

O Mort ! quel est ton nom? Fin ou Commencement?

Il est mort ! Et ce fut une de ces victimes
Qui passent en pleurant, les yeux levés aux cimes ;
Un de ces doux rêveurs que l'homme insoucieux
N'appelle pas : « Mon frère ! » un échappé des cieux ;
Un martyr résigné, triste dans l'espérance,
Dont le cœur a son but et l'âme sa tendance,
Et qui vient se briser aux choses d'ici-bas,

Cherchant son idéal et ne le trouvant pas.

Voici ses derniers mots :

                        « Frère, la vie est sombre !
L'Idéal rayonnant est rejeté dans l'ombre
Par la Réalité fatale. Un voile noir
S'étend sur toute chose et Nul ne peut Rien voir.
Dans ma naïveté, je faisais de la terre
Un paradis, où l'homme, en une joie austère,
Aimait la femme chaste, et j'ai cherché longtemps
Cet Éden introuvable et j'ai perdu mon temps.
Je rêvais l'âme sainte aux pudeurs virginales,
Éternellement loin de ces amours vénales,
Et j'ai vu, par la main des hommes débauchés,
La profanation des mystères cachés.
J'ai vu qu'à l'âge pur, où le cœur est avide,
La volupté les prend et les courbe et les ride,
Et j'ai vu que, vieillards au visage malsain,
Leur cœur ne s'est jamais ouvert à l'amour saint ;
Et j'ai compris qu'ayant, dès les jeunes années,

Respiré les senteurs des filles profanées
Et bu tous leurs poisons, ils ne sauraient jamais,
Ces hommes, ce que c'est qu'aimer comme j'aimais!
Aussi j'ai dû souffrir. Allant de chute en chute,
Je suis brisé d'avoir prolongé cette lutte,
Et je m'en vais enfin, et je n'ai pas trouvé
Ce que mon âme avait si doucement rêvé.

Or j'ai désespéré de l'homme et de la vie
Et je leur dis adieu sans haine et sans envie.
Ils ont meurtri mon âme et moi je meurs heureux,
Calme et fier, sans jeter l'anathème sur eux.
Car malgré tout, il est un espoir que j'emporte,
Illusion vivante en ma pauvre âme morte :
C'est que cet autre monde invisible, inconnu,
Est celui que je rêve en mon cœur ingénu.
Voilà pourquoi cette heure est pleine d'espérance,
Pourquoi je te salue, ô Mort, ô Délivrance!

« Mais si l'unique espoir qui survive en mon cœur
Doit être anéanti par le destin moqueur,

Si je me suis encore épris d'une chimère !
J'invoque le Néant, tant la Vie est amère ! »

Il acheva ces mots dans un dernier effort,
Leva les yeux au ciel, sourit... — Il était mort !

TABLE

Imprimé

PAR J. CLAYE

POUR A. LEMERRE, LIBRAIRE

A PARIS

www.ingramcontent.com/pod-product-compliance
Lightning Source LLC
Chambersburg PA
CBHW060822250626
47162CB00005B/1907